I0551285

ANALYSE-PROGRAMME

DE

ROBERT-LE-DIABLE,

GRAND OPÉRA EN CINQ ACTES,

PAR MM. SCRIBE ET G. DELAVIGNE,

Musique de J. Meyerbeer.

DÉCORS NOUVEAUX DE MM. PHILASTRE ET CAMBON,

MISE EN SCÈNE DE M. REVELLE,

COSTUMES NOUVEAUX DE M. BLOD.

Représenté pour la première fois sur le Grand-Théâtre de Lyon

le 10 mars 1834.

Lyon.

AU GRAND-THÉATRE.

1834

PERSONNAGES.	ACTEURS (DE LYON.)

Robert , duc de Normandie. . . . . MM. DERANCORRT.
Bvrtram , son ami. . . . . GUSTAVE BLÈS.
Raimbaut , paysan normand. . . . . . . TILLY.
Alberti. . . . . GAGNON.
Un majordome du roi de Sicile. . . . . . GERMAIN.
Un héraut d'armes. . . . . JANIN.
Un écuyer de Robert. . . . . DUPREZ.
Un grand-prêtre. . . . . ADOLPHE GERMAIN.
Le chapelain de Robert. . . . . . . FULCRAN.

Ecuyers de Robert. . . . . TONNY. / PIERRE. / CURET.

Pages de Robert. . . . . . . DOMINIQUE. / AUBERT. / BOULACHON. / LEQUIN.

Le roi de Sicile. . . . . MILLET. / MORIN.
Le prince de Grenade. . . . . . . HUGUET FILS.

Chevaliers , buveurs et joueurs. . . . . ADOLPHE GERMAIN. / GAGNON. / DUPREZ. / ANDRÉ. / JANNIN. / EUGÈNE. / LANGE. / GERMAIN.

Ecuyers des chevaliers. . . . . . . SIMON. / GRIFFE. / LUCIEN. / BEAUGRAND. / BERNARD.

Pages des chevaliers. . . . . . . FAYARD. / MATHIEU. / EMERY.

Isabelle , princesse de Sicile. . . . . . Mmes DERANCOURT.
Alice , paysanne normande. . . . . . . VADÉ-BIBRE.
Héléna , supérieure des nones. . . . . . LECOMTE.

Nonnes. . . . . MONTASSU. / FAVELLY. / CAROLINE. / TONINE. / ET DAMES DU CORPS DE BALLET.

Dames d'honneur de la princesse Isabelle. . . PAULINE. / CHEVALIER. / ET DAMES CHORISTES.

Chevaliers et seigneurs, écuyers et pages, villageois, villageoises, péle-
rins, hérauts d'armes; démons, soldats du roi de Sicile.

ROBERT-LE-DIABLE.

ACTE PREMIER.

Le Théâtre représente la vue du port de Palerme. Sous l'ombrage, plusieurs tentes richement ornées ; des barques arrivent d'où descendent des étrangers somptueusement vêtus. Plusieurs cavaliers boivent à une table à droite.

SCÈNE PREMIÈRE.

Robert et Bertram sont à une table à gauche. Les chevaliers célèbrent en chœur *le vin, le jeu et les belles* ; ils se demandent quel est l'étranger, le seigneur dont les tentes s'élèvent près de leur camp ; un des chevaliers répond que l'inconnu vient sans doute pour assister au tournoi que donne le duc de Messine. Robert, le verre à la main, porte une santé aux chevaliers ; ceux-ci répondent au toast de Robert, et continuent le chœur.

SCÈNE II.

Un écuyer, s'adressant à Robert, lui annonce qu'il amène un joyeux pèlerin arrivé de France et de Normandie. Robert s'émeut au nom de sa patrie. Le ménestrel Raimbaut est introduit, Robert lui donne une bourse et lui demande quelques récits. Raimbaut propose de dire l'histoire de Robert-le-Diable, duc de Normandie, qui s'est exilé d'un pays où il répandait l'effroi. Colère de Robert en entendant ainsi parler de lui; il veut frapper Raimbaud de son poignard, mais Bertram le retient. Robert dissimule et ordonne au trouvère de commencer sa ballade. Tous prêtent l'oreille.

RAIMBAUT.

Jadis régnait en Normandie
Un prince noble et valeureux.
Sa fille, Berthe la jolie,
Dédaignait tous les amoureux,
Quand vint à la cour de son père
Un prince au parler séducteur;
Et Berthe, jusqu'alors si fière,
Lui donna sa main et son cœur.
Funeste erreur! (bis) fatal délire!
Car le guerrier était, dit-on,
Un habitant du sombre empire,
C'était... c'était un vrai démon!

CHŒUR.

Le conte est bon;
Il faut en rire,
Eh quoi! c'était un démon!

RAIMBAUT.

Oui, c'était un démon!
De cet hymen épouvantable
Vint un fils, l'effroi du canton;
Robert, Robert, le fils du diable,
Dont il porte déjà le nom.
Semant le deuil dans les familles,
En champ clos il bat les maris,
Enlève les femmes, les filles,
Et s'il paraît dans le pays...
Fuyez, fuyez, (bis) jeunes bergères,
Car c'est Robert; il a, dit-on,
Les traits et le cœur de son père,
Et comme lui, c'est un démon.

5

CHŒUR.

Le conte est bon ;
Il faut en rire ,
Robert est un démon !

RAIMBAUT.

Oui , c'est un vrai démon !

Robert, qui jusque-là a cherché à modérer sa colère, se lève,
se fait connaître , et ordonne qu'on arrête l'imprudent chanteur.
Raimbaut implore son pardon à genoux. Robert accorde un délai
d'une heure pour l'exécution d'une sentence de mort. Cependant ,
apprenant que Raimbaut a mené avec lui une jolie fiancée, il fait
grâce de la vie au coupable, en promettant la fiancée aux chevaliers.

SCÉNE III.

Alice, la fiancée de Raimbaut, est conduite par des pages de
Robert, dont elle implore la pitié. Robert reconnait la jeune fille
pour sa sœur de lait, il refuse de l'abandonner aux chevaliers ,
comme il l'avait promis ; il se déclare son protecteur, et menace
de la mort celui qui offenserait Alice. Raimbaut et les chevaliers se
retirent devant Robert qui les menace.

SCENE IV.

Les plus doux épanchemens succèdent à la colère de Robert ; il
prodigue les noms les plus tendres à la jeune fille , et l'interroge
avec tendresse. Il apprend qu'Alice a quitté sa chaumière et a sus-
pendu les fêtes de l'hymen pour accomplir les dernières volontés de
la mère de Robert. Désespoir de Robert à la nouvelle de la perte
de sa mère bien-aimée. Dans une romance Alice redit les dernières
pensées d'un cœur qui s'est éteint en aimant. Alice est dépositaire
du testament d'une mère qui a ordonné que son fils lût cet écrit
quand il en serait digne. Robert ajourne la lecture de ce testament ;
il conjure Alice de le conserver encore, et il rend sa sœur de lait
confidente de ses pensées d'amour ; il lui dit qu'il aima la princesse de Sicile, qu'il voulut l'enlever, mais que le père de la princesse poursuivit le séducteur , et qu'il allait tomber sous les coups

des chevaliers siciliens quand Bertram vint à son secours et l'arracha à une mort qui semblait inévitable. Robert ne peut trouver de bonheur sans la princesse Isabelle; il veut voir si elle est fidèle à ses sermens. Alice lui donne les moyens de correspondre avec celle qu'il aime; un chapelain sort de la tente et apporte tout ce qui est nécessaire pour écrire; Alice se chargera de remettre la lettre. Robert ne peut s'acquitter envers la fiancée de Raimbaut qu'en unissant la jeune fille au ménestrel. Il consent à leur bonheur.

SCENE V.

Bertram entre et s'approche de Robert. A l'apparition de ce sombre personnage, Alice fait un geste de frayeur, et explique sa terreur par la ressemblance frappante qu'elle trouve entre Bertram et l'image de Satan que terrassa saint Michel. Robert rit de son effroi et lui fait signe de hâter son hymen avec Raimbaut.

SCENE VI.

Bertram plaisante la retenue de Robert à l'égard de la jeune Alice. Robert combat la funeste influence que son ami exerce sur lui; Bertram reproche à son jeune ami de ne point comprendre la force de son attachement. Pour bannir la tristesse, dit-il, tentons le sort du jeu, partageons l'ivresse de ces seigneurs dont nous pouvons faire facilement nos trésoriers. Robert trouve le conseil bon.

SCENE VII.

Final. — Bertram annonce aux chevaliers que le duc de Normandie veut prendre part à leurs plaisirs. Les chevaliers acceptent la partie. Tous les joueurs entourent la table. Les dés roulent. Robert perd. Bertram l'excite à doubler, à tripler. La perte de Robert va croissant; ses adversaires gagnent son or, ses diamans, sa riche vaisselle, ses chevaux, ses armures. Il tombe dans un accès de désespoir. Sur les lèvres de Bertram un sourire satanique trahit sa joie; il sort pour livrer aux chevaliers les biens que Robert a perdus, tandis que celui-ci menace ses adversaires qui rient de sa fureur, et lui rappellent son refrain favori :

L'or est une chimère ,
Sachons nous en servir.

ACTE SECOND.

Le théâtre représente une grande salle du palais; au fond, une galerie donnant sur la campagne.

SCENE PREMIERE.

Isabelle, en proie à la tristesse d'un coeur qui ne rêve plus l'espérance, se plaint de la grandeur dont l'éclat l'environne. Quand Robert l'abandonne, son père livre sa main sans consulter son coeur.

SCENE II.

Quelques jeunes filles s'approchent d'Isabelle, dont elles implorent la protection et la générosité ; elles remettent des pétitions à la princesse. Alice s'est glissée parmi les solliciteuses. Elle remet à la princesse le billet de Robert; la princesse ouvre le billet, le lit tout bas avec trouble, et fait comprendre à Alice qu'elle accepte le message; les jeunes filles s'éloignent. Robert parait; Alice lui dit qu'Isabelle consent à l'entendre.

SCÈNE III.

Duo de Robert et d'Isabelle. Réconciliation des amans. Des accens belliqueux se font entendre : c'est le signal d'un tournoi. Robert se désespère; il a perdu ses armes; Isabelle a prévenu ses voeux; des écuyers paraissent, et apportent une armure à Robert, qui la reçoit avec transport. Isabelle annonce à Robert que son père a déclaré que sa main appartiendrait au vainqueur, et qu'il espère en la valeur du prince de Grenade, qu'il nomme l'invincible. Robert jure de faire perdre ce nom à son rival. Isabelle sort.

SCENE IV.

Un héraut d'armes parait, et défie Robert au nom du prince de Grenade. Le cartel est un appel à une lutte à mort. Robert, plein d'espérance, s'élance sur les pas du héraut.

SCENE V.

Bertram sourit au piége dont Robert est victime. Ce prince de Grenade, que Robert croira suivre au combat, est un démon qui a pris le masque du prétendant d'Isabelle. Pendant ce temps le prince assistera en personne au tournoi.

SCENE VI.

Isabelle est conduite par son père. Bertram, Alice, Raimbaut, des chevaliers, des seigneurs, des dames de la cour, des pages, des écuyers, et six jeunes couples qui doivent être mariés, forment le cortége. Le peuple fait entendre des accens d'amour en l'honneur d'Isabelle.

Un héraut d'armes entre en scène et demande que le prince de Grenade soit armé par les mains de la princesse. Isabelle hésite à répondre ; son père, qui est près d'elle, lui ordonne d'accepter. Le prince de Grenade s'avance, précédé de sa bannière, de ses pages et de ses écuyers. Bertram s'applaudit de nouveau de son stratagème. Isabelle cherche en vain Robert, elle ne peut comprendre quel pouvoir enchaine ses pas, quand au combat l'amour l'appelle. Bertram laisse échapper un rire infernal.

ACTE TROISIÈME.

Le théâtre représente un paysage sombre ; sur le devant, à droite, les ruines d'un temple antique et des cavaux dont on voit l'entrée ; de l'autre côté une croix en pierre.

SCÈNE PREMIÈRE.

Raimbaut attend Alice sa fiancée. Le moment de l'union est arrivé ; le ménestrel est heureux de son amour, mais il regrette la richesse qui n'est pas son partage. Bertram s'approche, et lui jette une bourse d'or, et après l'avoir questionné sur son hymen, il lui donne des conseils d'inconstance et lui vante le bonheur du célibat. La tendresse de Raimbaut est ébranlée ; après un moment d'hésitation, il cède aux conseils de Bertram et sort pour offrir à boire à tous ses compagnons.

SCÈNE II.

Bertram se félicite de son succès. C'est une nouvelle conquête qu'il a faite au profit de l'enfer. Il rit des maux qu'il a préparés à Raimbaut, et oublie que dans un instant son destin va s'accomplir. Le roi des anges déchus est là qui l'attend. Il entend les éclats de sa joie infernale, et les horribles ébats des noirs démons. Les choeurs des fantômes célèbrent dans la caverne les jeux du sombre empire. Air de Bertram, qui révèle les liens de parenté qui unissent la destinée de Robert à la sienne.... Robert ne peut lui échapper. Pour lui il a bravé le ciel, il bravera l'enfer. Il entre dans la caverne.

SCENE III.

Alice gravit la montagne; elle appelle Raimbaut. L'écho seul lui répond; elle avance en tremblant. Serait-elle la première au rendez-vous? Pourquoi Raimbaud, qui n'est encore que son amant, le fait-elle attendre? Elle invoque la patrone des amans fidèles Notre-Dame de Bon-Secours. Les chants infernaux recommencent, le ciel s'obscurcit, l'écho souterrain répète fortement le nom de Robert. Alice, croyant que quelque danger menace Robert, jette ses regards sur l'ouverture de la caverne, elle pousse un cri, s'attache à la croix de pierre qui est près de la caverne, l'embrasse et s'évanouit.

SCENE IV.

Bertram sort de la caverne, pâle et en désordre. L'arrêt du destin est prononcé : il perd ses droits sur Robert, s'il ne peut avant minuit l'engager à se donner à lui. Alice sort de son évanouissement et se rappelle ce qu'elle vient d'entendre. Bertram, apercevant Alice, prend un air riant. Il veut séduire la jeune fille; elle le repousse avec horreur. Bertram, démasqué par elle, menace de mort elle, son amant, son vieux père, si elle révèle ce qu'elle a vu. Alice promet le plus profond mystère.

SCENE V.

Robert s'avance jusqu'au milieu de la scène, plongé dans une profonde rêverie. Alice ne peut l'avertir du danger qu'il va courir. Bertram, d'un geste impératif, lui ordonne de se retirer. Elle obéit en hésitant..... Puis elle s'élance tout à coup vers Robert pour révéler le fatal secret; mais, cédant encore à la crainte, elle s'enfuit.

SCENE VI.

Robert, perdu, déshonoré, à l'occasion du tournoi auquel il n'a pas paru, demande des conseils à Bertram. Bertram lui apprend que son rival le prince de Grenade, a employé le secours des esprits infernaux. Que faire? dit Robert : l'imiter, dit Bertram; il est des secrets pour conjurer les esprits invisibles. Il faut que Robert aille enlever, sur le tombeau de Sainte-Rosalie, le rameau vert, talisman qui rendra l'amant d'Isabelle tout-puissant. En entrant dans l'abbaye, Robert ne doit point parler, sous peine de vie. Bertram rentre dans la caverne. (Changement à vue.)

Le théâtre représente une des galeries du cloître. Entre plusieurs tombeaux on remarque celui de Sainte-Rosalie ; sa statue en marbre tient à la main une branche de cyprès.

SCENE VII.

Bertram arrive, il évoque le ombres des nonnes enterrées dans l'abbaye et damnées en punition d'une vie trop profane. Si la main de Robert hésite à cueillir le rameau de Sainte-Rosalie, il faut qu'il soit séduit par les charmes des religieuses, et qu'elles le forcent d'accomplir sa promesse imprudente, en lui cachant l'abîme où la main de Bertram le conduit. Robert avance en hésitant. Il croit voir dans l'image de la sainte les traits de sa mère en courroux, il veut fuir. Toutes les nonnes font assaut de séduction pour le retenir et l'attirer vers le fatal rameau. Robert subjugué par tant d'amour, saisit enfin le talisman. A ce moment toutes les nonnes rentrent dans le néant et un chœur infernal célèbre la victoire de Satan.

ACTE QUATRIÈME.

Le théâtre représente l'un des riches appartemens de la princesse.

SCENE PREMIERE.

Isabelle est assise devant sa toilette ; ses femmes la déshabillent, et distribuent aux six jeunes filles qui ont été mariées le matin, son voile, sa couronne de mariée et ses vêtemens nuptiaux. Le maître de cérémonie présente à la princesse des présens du prince de Grenade, qu'elle doit épouser.

SCENE II.

Robert paraît avec le rameau magique ; son invincible pouvoir a plongé dans le sommeil tous les personnages et la princesse elle-même. Robert approche d'Isabelle. Il l'appelle et rompt le charme où sont plongés ses sens. Isabelle s'éveille, reconnait Robert. Celui-ci veut l'enlever, elle résiste. Ses prières attendrissent enfin son amant. Il cède à ses instances au dépens de son bonheur et de sa vie. Il brise le rameau. Tous les personnages du chœur sortent de leur léthargie : ils s'animent par degrés, reconnaissent Robert, les hommes d'armes se jettent sur lui et l'entrainent. Isabelle tombe évanouie sur son lit.

ACTE CINQUIÈME.

Le théâtre représente le vestibule de la cathédrale de Palerme.

SCÈNE PREMIÈRE.

Des moines invitent des pénitens à faire leurs dévotions à la Madone, dans cet asile saint, refuge inviolable.

SCÈNE II.

Robert a forcé Bertram à le suivre dans ce lieu sacré où l'on ne ne peut pénétrer. Il a cherché le prince de Grenade ; il a été vaincu par lui. Tout le trahit ; Bertram rejette la cause de la fatalité qui poursuit Robert sur le rameau qu'il a brisé, et lui offre le seul moyen qui reste pour assouvir sa vengeance et assurer son bonheur ; c'est de faire un pacte avec l'enfer. Au moment où Robert va tracer l'écrit solennel qui liera sa foi, les chants des religieux se font entendre ; ils pénètrent le cœur de Robert d'un saint recueillement, et le rappellent à la divinité. Bertram veut entrainer Robert ; il résiste ; il connait enfin que Bertram est son ennemi. Bertram lui apprend le secret de sa naissance, le nomme son fils, et lui révèle les sentimens de son ame. Bertram est voué à l'enfer ; mais il aime, il idolâtre Robert. Son fils seul est sa vie et son être ; d'un seul mot dépend son sort. Si Robert ne signe pas avant minuit le pacte qui l'unit à son père, Bertram ne doit plus revoir son fils. Si Robert consent au traité infernal, l'hymen comblera ses souhaits. Robert s'écrie : *L'arrêt est prononcé ; l'enfer est le plus fort.* Il va signer...

SCENE III.

Alice a tout entendu. Elle accourt et remet à Robert le testament de sa mère , dans lequel il lui est dit de fuir les conseils du séducteur qui l'a perdue. Robert hésite. Bertram fait de vives instances ; Il se jette anx pieds de son fils. Il veut l'entrainer. Mais minuit sonne : c'est l'heure fatale à la puissance de Bertram. Celui-ci pousse un cri terrible , et disparait sous la terre qui s'entr'ouvre. Robert tombe éperdu aux pieds d'Alice. (Changement à vue).

Intérieur de la cathédrale de Palerme.

Des chants célestes se font entendre dans l'intérieur de la cathédrale de Palerme. Isabelle est à genoux au milieu de sa cour ; elle attend Robert. Un chœur aérien célèbre le Dieu de l'Univers.

LYON. — IMPR. DE L. BOITEL.